Saint-ange Martin
est le pseudonyme
de Alexandre
Martin d'après Quérard

L'AMANT SOMNAMBULE;

OU

LE MYSTÈRE,

COMÉDIE-VAUDEVILLE EN UN ACTE;

Par MM. A. Philippe et Saint-Ange Martin.

Représentée pour la 1re. fois, à Paris, sur le Théâtre de la Porte St.-Martin, le 26 août 1820.

SECONDE ÉDITION.

PRIX : 1 FR. 25 C.

PARIS,

AU MAGASIN GÉNÉRAL DE PIÈCES DE THÉATRE,

CHEZ J.-N. BARBA, LIBRAIRE,

ÉDITEUR DES ŒUVRES DE PIGAULT-LEBRUN,

PALAIS-ROYAL, DERRIÈRE LE THÉATRE FRANÇAIS, N°. 51.

1820.

PERSONNAGES.   ACTEURS.

M. DE GERMONT, riche banquier. M. Dugy.
CLARA, sa fille. . . . . Mlle. Hugens.
VICTOR, son neveu. . . . . M. Perrin.
FRANVILLE, capitaine de vaisseau,
   ami de M. de Germont. (5o ans. . . . M. Moessard.
ANDRÉ, jardinier. . . . . M. Pierson.
NANETTE, petite paysanne. . . . . . . Mlle. Adeline.

La scène se passe à 1o lieues de Paris, dans le château de M.
de Germont.

Nota. Cet ouvrage doit une partie de son succès au choix des airs
et au soin avec lequel il a été monté. MM. les Directeurs de province
détruiraient tout l'ensemble s'ils substituaient d'autres airs à ceux qui
sont indiqués, et s'ils négligeaient les détails accessoires.

Les airs et la partition se trouvent à Paris, chez M. Solomé, régis-
seur au théâtre de la Porte Saint-Martin.

L'AMANT SOMNAMBULE,

ou

LE MYSTÈRE,

COMÉDIE-VAUDEVILLE.

*Le Théâtre représente un salon élégant ; des croisées au fond,
donnant sur un vaste jardin.*

SCENE PREMIERE.

ANDRÉ, ensuite NANETTE.

(*André est occupé à décorer le salon. Il place des vases rem-
plis de fleurs, et dispose des guirlandes.*)

NANETTE, *entrant.*

Hé ben ! André, ça commence t'i à prendre tournure ?

ANDRÉ.

Dam'! t'nez, r'gardez, mamzell' Nanette, est-c' ben
comme ça ?

NANETTE.

Ma fine! pas trop ; n'y a pas d'excès.

ANDRÉ.

J'avons fait pourtant tout c'que j'pouvions...

NANETTE.

Alors i n'y a plus l'p'tit mot à dire. Dam' c'est qu'i' faut
qu'tout soit joliment en état pour recevoir la société qu'j'at-
tendons, et j'en aurons un' fière, pi que c'est c'soir qu'on fait
l's'accords pour l'mariage d'not' jeune maîtresse, avec M.
Franville, l'meilleur ami d'mosieu d'Germont ; dis donc
André, sans compter l'nôtre qui doit s'faire en même
tems.

ANDRÉ.

Mamzell' va-t-elle être heureuse avec M. Franville ! car
c'est un bon vivant c'ti-là.

NANETTE.

Ah ! ça c'est vrai. C'est ben l'homme l' plus franc, l' cœur
toujours dans la main quoi ! et on n'peut pas dire qu'i la
ferme jamais. Mais tout ça n'empêche pas qu' mamsell' n's'ra
p'être pas si heureuse qu'tu l' penses.

ANDRÉ.

Tiens , et pourquoi donc ça ?

NANETTE.

Ah ! pourquoi, pourquoi , j'm'en doute ben|moi, du pour-
quoi, c'est qu'ell' aime M. Victor, l' premier commis d'mo-
sien d'Germont.

ANDRÉ.

Ah !... et M. Victor aime donc aussi mamzell' Clara ?

NANETTE.

Queue d'mande ! c'est au point qu'il en a perdu l' boire et
l'manger ; que quand i dort i n'dort point, qu'enfin il est...
comment donc qu'ils appellent ça ?

ANDRÉ.

Dam', attends donc... ah ! funambule.

NANETTE.

Justement, funambule.

ANDRÉ.

Queu dommage|qu'ce pauv' jeun' homm' n'soit pas riche !
i s'déclarerait ; mais l'manq' d'argent est un grand défaut
dans le siècle ousque j'vivons.

NANETTE.

Et ben moi j'pensons tout différemment.

ANDRÉ.

Et t'as ben raison.

Air *du Calife de Bagdad.*

Nanette, vois-tu les richesses
Ne donn't pas toujours le bonheur ;
Vois ces seigneurs , vois ces comtesses ,
I sont souvent d'mauvaise humeur ;
Et quoiqu' i's aient d'l'or dans la poche ,
I n'y'a toujours queuq' chos' qui cloche ;
Si j'nons qu'd'l'amour, j'ons pas d'tourmens,
Prions l'bon Dieu qu'ça dur' long-temps.

Ensemble.

Si j'nons qu' d'l'amour , etc.

ANDRÉ.

Même air.

Lorsqu'un grand veut marier sa fille ,
On dit , ma chère, que l'amant
Ne demand' pas : Est-ell' gentille?
Mais qui d'mande : A-t-ell' de l'argent?
Pour toi si tu n'es pas princesse ,
Et si tu n'as pas de richesse
T'es la plus sag' des alentours ;
Prions l'bon Dieu qu'ça dur' toujours...

Ensemble.

J'suis
T'es } la plus sage , etc.

NANETTE.

Ma foi , mon bon André, j'pense comme toi... mais chut !
v'la mamzell' , regarde donc un brin comme elle est triste ,
ça m'fait un' pein' d'la voir comme ça !

SCÈNE II.

Les Précédens , CLARA.

CLARA.

Nanette , M. Franville n'est pas encore arrivé.

NANETTE.

L'prétendu, non mamzell', ni M. Victor non plus.

CLARA.

C'est bon. André, allez dans le parc, et si vous voyez mon
père , vous lui direz que je suis ici.

ANDRÉ.

Ça suffit, m'amzell'; je n'fais qu'un saut d'ici là. (*A part,*
en sortant.) Ah ! mon dieu, mon dieu, la pauv' criature !

SCÈNE III.

CLARA, NANETTE.

CLARA, *à part.*

C'est donc aujourd'hui que je perds pour toujours l'espoir
d'appartenir à celui que j'aime , et qui seul aurait pu faire
mon bonheur.

NANETTE , *s'avançant.*

Dit's donc, mamzelle', vous n'dites rien d'tout's les belles
choses qu' j'avons préparées ici.

CLARA.

Bonne Nanette, je saurai reconnaître l'attachement que tu me portes, et tes soins ne resteront pas sans récompense.

NANETTE.

Ma fine! not' bonn' demoiselle, ma récompense s'rait ben assez forte si j'vous voyions gaie, contente; mais j'voyons ben qu'i n'y a pas d'apparence qu' vous m'payiez avec c'tte monnoie-là.

CLARA.

Que veux-tu dire?

NANETTE.

J'm'entendons.

CLARA.

Explique-toi?

NANETTE.

Eh ben, t'nez, pisque vous l'permettez, j'vas vous dire à l'égard d'ça tout c'que j'avons sus l'cœur.

CLARA, à part.

Se serait-elle aperçue? (Haut.) Parle, Nanette.

NANETTE.

M'y v'la. J'pensons donc qu'mosieu Franville est un brave homme; mais que c'n'est pas l'mari qu'i vous faut.

CLARA.

Pourquoi donc, Nanette; M. Franville a toutes les qualités nécessaires au bonheur de celle qu'il épousera.

NANETTE.

J'sommes ben d'accord là-d'ssus, c'est clair; mais j'vas vous faire une confidence, c'est qu'Mosieu Victor n'en dirait pas autant à vot' égard.

CLARA.

Victor, dis-tu? Quelle folie!

NANETTE.

Ah! que nenni dà, j'm'y connais; j'ons d'viné ça tout d'suite; mais c'est surtout d'puis qu'vot' mariage avec M. Franville est arrêté que je l'ons encore plus remarqué.

CLARA.

S'il est vrai qu'il aime sans espoir, je le plains.... mais tu ne me dis pas ce qui a pu te faire croire....

NANETTE.

J' vas vous dégoiser ça ; car j'vois avec plaisir qu'vous plaignez c'pauv' mosieu Victor.

CLARA

Oui Nanette.... oh ! je le plains beaucoup.

NANETTE.

Vous saurez donc que j'l'ons surpris souvent l'matin, et queuq'fois la nuit, s'promener dans l'jardin de l'hôtel à Paris. i marche tout seul.... i fisque l'ciel, i parle tout haut, comme s'il était deux, ensuite i s'arrête d'vant c'petit marmot en terr' cuite qu'est près l'bassin, vous savez ben mamzell', c't'enfant qui a un cornet sus l'dos avec des grandes plumes dedans ; i le r'garde, et puis i dit : Clara, Clara.....

CLARA.

Comment, Nanette, tu as vu tout ça ?

NANETTE.

C'est rien encore, et pisque j'suis en train, i n'm'en cout' pas plus d'tout vous dire.

CLARA.

Oui, oui, achève, si tu savais quel intérêt je prends..... maintenant à ce pauvre Victor.

NANETTE.

Hé ben, t'nez, écoutez.

AIR : *Une fille est un oiseau.*

Dès que vous sortez l'matin,
I faut voir comme i vous guette ;
Crac, aussitôt en cachette
Cheu vous v'la qu'il entr' soudain.
D'vant vot' portrait i s'arrête,
I gémit, i s'inquiète,
I r'garde, i baisse la tête
Et soupir' qu'ça vous f'rait peur ;
T'nez j'vous le disons sans feinte
Si dans vot' chambr' vous êt's peinte,
Vous l'êt's ben mieux dans son cœur !

CLARA.

J'entends mon père. Nanette je te recommande la plus grande discrétion sur tout ce que tu viens de m'apprendre.

NANETTE.

Soyez paisible, mamzell', j'suis muette, quoi.

(*Elle sort.*)

SCENE IV.

CLARA, M. DE GERMONT.

GERMONT.

Je te cherchais, ma chère Clara. Hé bien, toujours un air triste, rêveur,…. quand tout le monde ici est dans la joie ! je t'ai cependant assez fait la guerre hier soir. Ceci cache un mystère que je veux éclaircir. Dis-moi, je t'en prie.…

CLARA, *l'interrompant.*

Je n'ai rien, mon père, absolument rien.

GERMONT.

Un jour de noce, cela me passe. Ce jour-là j'étais le plus heureux des hommes.

CLARA, *à part.*

Heureux !

GERMONT.

Et ta pauvre mère… Nous nous aimions tant… Clara, je te le répète, cette tristesse n'est pas naturelle, et je ne dois pas en ignorer la cause ; ne suis-je pas ton meilleur ami, ne sais-tu pas que ma fille chérie est ce que j'ai de plus précieux au monde, et que je ne puis être heureux s'il manque quelque chose à son bonheur ? Allons parle, mon enfant, dis-moi ce qui te chagrine.

CLARA, *bas.*

Jamais ! (*haut.*) Mon père.….

GERMONT

Aurais-tu quelqu'éloignement pour ton futur Franville ? j'en serais au désespoir, car il a ma parole, et je ne voudrais pas y manquer.…… ce serait la première fois.

CLARA.

M. Franville est l'homme du monde que j'estime le plus.

GERMONT.

Et il le mérite, ma Clara. Nous avons été au collège ensemble, et notre amitié date de ce temps-là. Depuis Franville a embrassé la carrière des armes ; sa bravoure, son zèle, ses connoissances lui ont valu les dignités les plus honorables, et les postes les plus périlleux. Il est aujourd'hui l'un des capitaines distirgués de la marine française. Cet époux-là te fera honneur dans le monde et te rendra heureuse.

CLARA.

C'est aussi l'homme pour lequel je me sentirais le plus disposée à avoir de l'attachement si... je ne devais pas en l'épousant me séparer de vous.

GERMONT.

Comment, n'est-ce que cette crainte-là qui te tourmente ? rassure-toi, nous resterons toujours ensemble ; Franville et toi, vous ne me quitterez pas. C'est une des clauses du contrat.

CLARA, *à part.*

Du contrat !

GERMONT.

Calme donc ces petites inquiétudes, et songe que Franville peut arriver d'un moment à l'autre. Mais n'est-ce pas lui que j'entends ? justement le voici avec Victor.

CLARA, *troublée.*

M. Victor. (*A part.*) Comment cacher mon trouble.

SCENE V.

Les Précédens, FRANVILLE et VICTOR.

FRANVILLE.

Enfin nous voici arrivés. (*A Germont.*) Bonjour mon ami. (*A Clara.*) Clara, permettez-moi de vous présenter mes hommages ; j'ai cru que nous resterions en route, et malgré les chevaux, les postillons, nous serions encore loin, si je n'avais fait pleuvoir sur ces derniers une nuée d'épithètes énergiques et de *pour-boire.* (*A Germont.*) Par exemple, je ne te remercie pas de m'avoir donné un pareil compagnon de voyage (*désignant Victor*).

GERMONT.

Comment ?

CLARA, *à part.*

Que veut-il dire ?

FRANVILLE.

J'aurais eu le temps de me morfondre, si je n'avais songé pendant le chemin à mon aimable future, et si ma gaîté ne me suivait pas partout ; heureusement que nous sommes inséparables.

Air : *Il me faudra quitter l'empire.*

Jeune, les ris, les jeux, les fêtes
Remplissaient mes nuits et mes jours ;
Plus tard, au milieu des tempêtes,
Franville sut rire toujours.

L'Amant somnambule.   2.

Les vents, le canon, la mitraille
Ne m'ont jamais épouvanté,
Et si parfois je fus presqu'attristé,
Soldat français, sur le champ de bataille,
Je sus toujours retrouver ma gaîté.

Mais pour en revenir à M. Victor, figurez-vous que je n'ai pu en tirer deux mots.

GERMONT, *avec bonté, à Victor.*

Seriez-vous indisposé mon ami?

VICTOR.

Ce n'est plus rien, monsieur. (*Regardant Clara.*) Je me sens mieux.

CLARA, *à part.*

Ce pauvre Victor !

FRANVILLE.

Ce n'est pas tout : hier il ma joué un tour pendable, et si je ne le connaissais pas, si je ne savais pas bien qu'il est doux, aimable...

VICTOR.

Monsieur...

FRANVILLE.

Oui monsieur je le répète, doux, aimable je serais moins piqué.

GERMONT.

Explique-toi.

FRANVILLE.

Voici le fait. Aussitôt après votre départ de Paris, je suis sorti pour faire des emplettes; je voulais surtout avoir une Corbeille digne de Clara, et je l'avouerai, je me connais fort peu à ces sortes de bagatelles, aussi avais-je jeté les yeux sur M. Victor, pour m'aider de ses lumières. Comme la complaisance est encore une qualité que j'ai été plusieurs fois à même de reconnaître en lui, il m'a accompagné sans difficulté; mais arrivé chez le joaillier, je n'ai pu en tirer que quelques monosyllabes: Oui, non, non, oui; chez le marchand de Cachemires, que quelques signes de tête, et enfin chez un troisième on l'aurait pris pour un muet.

VICTOR.

J'ose espérer monsieur, que vous m'excuserez lorsque vous saurez que je suis à la veille de perdre une personne qui m'est bien chère.

CLARA, *à part.*

Qu'entends-je !

FRANVILLE.

En vérité ? le pauvre garçon !

VICTOR.

Oui, bientôt elle me sera enlevée.

CLARA, *à part.*

Nanette avait raison.

VICTOR.

Et pour toujours.

FRANVILLE.

Comment, sa vie serait-elle en danger ?

GERMONT.

Mes amis ne parlons plus de cela ; cette conversation augmenterait peut-être encore son chagrin, et il ne faut pas que l'on soit triste un jour comme celui-ci. D'ailleurs Victor sait bien que s'il perd quelque ami, il n'en a pas de plus véritable que nous, et surtout qui lui soient plus attachés ; n'est-ce pas, Clara ?

CLARA.

Mon père... (*à part.*) quel embarras !

FRANTILLE, *à Germont.*

Tu as raison. (*à Victor.*) Il faut dissiper ça ; allons, jeune homme, du courage, de la résignation ; d'ailleurs songeons que nous ne sommes plus à Paris, et qu'échappés à la politique, aux affaires et aux importuns, nous ne devons nous occuper que de plaisirs ; la promenade, la pêche, la chasse surtout......

GERMONT

La chasse ! ah ! je te reconnais bien là ; toujours chasseur intrépide !

FRANVILLE.

Que veux-tu ?

AIR *de chasse.*

Laissant là les budgets,
Les projets,
Les décrets ;
A la chasse,
Je me délasse ;
Laissant là les budgets,
Les projets,
Les décrets,
Les forêts
M'offrent mille attraits.

Dès l'aurore je cours
Les bois des alentours,
Je rentre déjeûner,
Et pars jusqu'au dîner.

Laissant là, etc.

Enfin mon ami j'aime tant la chasse que même chez moi je trouve encore à chasser.

Je chasse constamment
Le sot et l'intrigant,
De plus je chasse aussi
Les chagrins et l'ennui.

Laissant là, etc.

Mais ce n'est pas le moment de m'occuper de chasse. Il serait plus urgent de s'assurer si tout est prêt pour le bal et pour le souper. Il est déjà neuf heures, les invités ne peuvent tarder à se rendre ici.

GERMONT.

Toût cela me regarde : je m'en occupe. Mes amis, venez avec moi. Allons, Franville, donne la main à ta future.

FRANVILLE.

Air : *Mon âme à l'espoir s'abandonne.* (de Caroline.)

Quelle existence fortunée
Me promet un pareil lien,
Après cet heureux hyménée
Il ne me manquera plus rien.
Mes amis, j'en perdrai la *tête,*
Pour un futur, quel jour charmant ;
Mais occupons-nous de la fête,
Que chacun ici soit content:

CLARA et VICTOR, *à part.*

Ah ! que je souffre en ce moment.

Ensemble.

Quelle existence, etc.

(*Ils sortent tous, excepté Victor.*)

SCENE VI.

(A la fin de cette scène il fait nuit.)

VICTOR, *regardant sortir Clara.*

Elle me fuit... Cruelle Clara !... mais dois-je l'accuser ? elle ignore mon amour. Combien je suis à plaindre ! Si pourtant je me faisais connaître... Impossible ! Si mon secret était découvert, il ne me resterait pas même l'espérance... Demain

elle sera l'épouse d'un autre. Ah! fuyons loin de ces lieux;
c'est le seul parti qui me reste; au moins je ne la verrai plus,
et peut-être parviendrai-je... Que dis-je !

A_{IR} : Sans l'oublier.

A l'oublier, quand tout m'engage,
Pour accroître encor ma douleur,
Chaque objet la montre à mon cœur;
Tout me retrace son image.
Par sa voix, ses yeux tour-à-tour,
Hélas! mon âme est poursuivie,
Je ne rêve qu'à mon amour;
Je passerais en vain ma vie
        A l'oublier.

Pour l'oublier que puis-je faire?
N'a-t-elle pas grâces, beauté?
Ne vante-t-on pas sa bonté?
Ah! tout en elle est fait pour plaire,
Affreux hymen, cruel devoir,
Il me faut quitter mon amie;
Mais si j'ai perdu tout espoir,
Il me faudra perdre la vie
        Pour l'oublier.

SCENE VII.

VICTOR, ANDRÉ, NANETTE.

(André porte deux flambeaux garnis de bougies allumées, et Nanette
une corbeille pleine de fleurs.)

ANDRÉ.

Eh bien, M. Victor! queuq' vous faites donc là? On
vous attend dans le salon.

VICTOR.

J'y vais. (A part) La fatigue m'accable. Je sens que j'aurais
besoin de me reposer. Mais je dois avant tout fuir ces lieux.
Allons tout disposer pour mon départ. (Il entre chez lui.)

ANDRÉ.

A présent, mamzell', permettez que je vous donnions un
coup-d'main.

NANETTE.

Mais laisse-moi donc, André. Quand j'te disons que j'n'ai
pas besoin d'toi : c'est clair ça, p't-être.

ANDRÉ.

Ah! mon dieu, mamzell', l'mauvais caractère qu'vous

avez! car enfin, tout c'que j'en fais, c'est pour vous rend"
service.

NANETTE.

Allez, allez, faites vot' ouvrage, et laissez-moi faire le
mien; v'là tout c'que j'vous demandons : c'est pourtant pas
difficile, j'crois.

ANDRÉ.

Vous n'diriez pas ça à tout l'monde.

NANETTE.

Je n'vous comprenons pas.

ANDRÉ.

J'm'entendons, moi, et ça m'suffit.

NANETTE.

Parlez tout d'suite, mosieu; je l'veux, quoiqu' c'est
qu'vous voulez dire?

ANDRÉ.

Pardine! j'veux dire que si c'était c'beau M. Fritz...

NANETTE.

L'valet d'mosieu Franville?

ANDRÉ.

Tout jusse. L'vilain All'maud, ah! que je le déteste!

NANETTE.

Qu'est-ce qu'i vous a donc fait?

ANDRÉ.

Croyez-vous que je n'l'entendons pas lorsqu'i vous dit
avec son baragouin que l'diable ne pourrait comprendre :
« Mamzell' Nanette, vous être chantille à croquer; aussi,
» mon foi dé Allémand, ché vous aime de tout ma cœur. »
Vous l'dit-i, ou n'vous l'dit-i pas?

NANETTE, *à part.*

Ah! il est jaloux . il n'y a pas d'mal à ça. Ça va ben, tout
d'même. (*Haut.*) Ma fine! monsieur, puisqu'i faut en con-
venir, il est ben plus aimable et ben plus galant qu'vous.

ANDRÉ.

J'en suis donc sûr!

NANETTE.

Sûr... et d'quoi, s'il vous plait.

ANDRÉ.

Qu'vous n'voyez pas mosieu Fritz avec indifférence, et stapendant.

AIR *du Petit mot pour rire.*

J'pouvons le dire franchement,
Dans l'jour, i n'est pas un moment,
Qu'à t'plaire je n'm'applique :
D'après ça, certes, à tes yeux,
Ah ! je devrais valoir bien mieux
    Qu'un grand laquais (*bis.*)
Qui n'est qu'un domestique.

NANETTE.

A quoiqu'ça rime, ça ? un domestique... Qu'est-ce don' que t'es, toi ?

ANDRÉ.

Moi?... j'suis l'jardinier d'la maison.

NANETTE.

Et ben ! et moi, est-c' que je n'servons point mamzelle Clara, et d'ben bon cœur encore.

ANDRÉ.

Oui ; mais t'es la filleule de mosieu d'Germont, et c'est un' différence.

NANETTE.

Va, mon pauvre André, la fierté n'va pas à des gens comme nous. Au surplus, est-ce ma faute si mosieu Fritz m'trouve gentille ?

ANDRÉ.

Non ; mais c'est qu'tout l'monde pense comme li, et v'là c'qui m'fâche. Avec ça qu't'es un tantinet coquette. M'diras-tu l'contraire encore ?

NANETTE.

Ah ! pour ce qui est d'ça, je n'disons trop rien.

AIR : *On nous dit que l'premier homme.*

Tout' femme est dit on coquette,
Et ma foi c'n'est pas si bête
De faire tourner la tête
A ces trompeux en amour.
Mais lorsqu'on m'dit : T'es gentille ;
Pour toi j'sens que mon cœur grille;
Moi, j'répouds en honnèt' fille,
Ça s'ra pour un autre jour.

2ᵉ. COUPLET.

Mais pisqu'enfin je m'marie,
Pisque j'en fais la folie,
Ici je vous l'certifie,
Oui, j'vous l'disons sans détour ;
Faudra qu'tout aille à ma guise,
Qu'jamais on n'me contredise;
Si l'on n'veut pas que je dise
Ça s'ra pour un autre jour.

ANDRÉ.

Allons, allons, ça n's'ra pas pour un autre jour, et j'te laiss'rons maîtresse sur tout.

NANETTE.

Et tout ira ben, j't'en réponds.

ANDRÉ.

Ah! jarni! queue journée qu'cell' d'not' noce! j'crois qu'j'y suis déjà.

AIR.

En entrant dans la danse,
Comme on te regard'ra.

NANÈTTE.

J'ferons la révérence,
Chacun nous salu'ra.

ANDRÉ.

Puis j'danserons.

NANETTE.

Puis j'walserons.
Crois en Nanette,
Ah! comme à cette fête,
J'nous trémouss'rons,
Je nous amuserons.

Ensemble.

Crois en Nanette, etc.
J'en crois Nanette.

(*Ils dansent sur la ritournelle.*)

Même air.

NANETTE.

A la fin de la danse,
Chacun se r'tir' sans bruit.

ANDRÉ.

J'regagnons en silence,
Notre petit réduit.
Puis j'causerons,
Puis...

J'dormirons.
Crois en Nanette,
Ah! comme à cette fête,
J'nous amus'rons,
Je uous trémousserons.

Ensemble.

Crois en Nanette, etc.
J'en crois Nanette, etc.

(*Ils dansent sur la ritournelle.*)

SCENE VIII.

LES PRÉGÉDENS, CLARA.

NANETTE, *apercevant Clara.*

Ah! mamzell' Clara!

ANDRÉ.

J'vous d'mandons ben pardon mamzell', mais j'sommes si
contens voyez-vous, qu'ma foi j'sautions d'joie.

NANETTE.

C'est ben, c'est ben. Allons-nous-en à not' ouvrage. On
doit avoir besoin de nous là dedans.

ANDRÉ.

C'est jusse.

NANETTE.

Adieu mamzell'. (*Ils sortent.*)

SCÈNE IX.

CLARA, *seule.*

Enfin je suis seule, je puis à présent respirer... pleurer à
mon aise... ah! combien il m'en coûte de tromper ainsi ce bon
M. Franville. Hélas, s'il pouvait lire au fond de mon cœur.
Mais jamais, non jamais il ne saura rien. Mon père veut qu'il
soit mon époux; j'ai promis; je dois obéir.

AIR : *Jeannot me délaisse.* (De Jeannot et Colin.)

Mes soupirs et mes larmes
S'échappent malgré moi;
Ah! cachons ces alarmes,
Il le faut, je le doi:
Pour moi quel sort funeste,
Quel déplorable Hymen!
Hélas! mon cœur me reste,
Quand je donne ma main.

L'Amant somnanbule.   3

Même air:

Cette contrainte affreuse,
Causera mon malheur ;
Je pouvais être heureuse,
En écoutant mon cœur.
Pour moi quel sort funeste,
Quel déplorable hymen !
Hélas ! mon cœur me reste ,
Quand je donne ma main.

SCENE X.

CLARA, NANETTE, *accourant.*

NANETTE.

Mamzell', mamzell' !...

CLARA.

Hé bien ! Nanette, tu parais effrayée.

NANETTE.

Pardine ! j'crois ben qu'on le serait à moins.

CLARA.

Qu'as-tu donc vu ?

NANETTE.

M. Victor...

CLARA , *vivement.*

Lui serait-il arrivé quelque chose ?

NANETTE.

Rassurez-vous, il n'y a point de mal. Ça fait peur et v'la tout.

CLARA.

Explique-toi.

NANETTE.

Attendez, attendez.... (*Elle regarde du côté de l'appartement de Victor.*) I n'vient pas... non... alors j'peux vous conter ça.

CLARA.

Je suis dans une inquiétude.

NANETTE.

Patience, patience, m'y v'la. En vous quittant tout-à-l'heure, j'allions à l'office; j'traversais l'p'tit salon d'compagnie; la porte de la chambre à M. Victor était ouverte; il était comme ça, comme s'i dormait; aussi j'ai marché ben douc'ment pour n'pas l'réveiller; mais en r'venant c'n'était plus ça du tout : il était dans l'petit salon, i marchait, i parlait tout haut, il f'sait des saluts d'vant les fauteuils, j'lui parle, i n'me répond rien, j'm'approche pour le r'garder, i s'met à danser. Ah ! s'il n'est pas fou, i n'en vaut guère mieux. Bref la peur m'a gagné et j'accours vous conter ça. Ah ! mon dieu, mon dieu, je n'me trompe pas, i vient par ici, allons-nous-en mamzell'.

CLARA.

Non, Nanette je reste ; je veux savoir...

NANETTE.

Ah ben ! moi, je me sauve (*à part.*), et j' vas raconter tout ça à M. de Germont.

(*Elle sort en courant.*)

SCENE XI.

CLARA, VICTOR, *endormi.*

CLARA.

Dieu ! dans quel état le voici !

VICTOR, *s'avançant lentement.*

J'avais besoin de respirer un instant. Il fait une chaleur dans ce bal... ah ! je me sens mieux... j'ai bien fait de sortir... puis-je être présent à la signature de ce fatal contrat ?

CLARA.

Que dit-il ?

VICTOR.

Non, non cela n'est pas possible... Je suis au désespoir... (*Regardant à gauche.*) Mais... je ne me trompe pas... Clara vient de ce côté... serait-ce moi qu'elle cherche ?... si cela pouvait être... je sens que je serais moins malheureux.

CLARA.

Qu'il me fait de peine !

VICTOR.

La voici (*Il salue.*), elle approche... (*Ayant l'air d'écouter.*) Pardon... je n'ai pas entendu... pourquoi je quitte la société... pouvez-vous bien me le demander... Clara... vous n'avez donc jamais lu dans mon cœur... je vous aime.

CLARA.

Il m'aime ! que je le plains !

VICTOR.

Pardonnez-moi cet aveu, mais au moment de vous perdre..
(*Ayant toujours l'air d'écouter.*) Moi tout découvrir à votre
père... je ne le puis et voilà ce qui redouble mes tourmens.

CLARA.

Quel mystère !

VICTOR.

Il ne saura rien qu'après mon départ.

CLARA.

Son départ !

VICTOR.

Je partirais moins malheureux, si vous me disiez que
l'aveu que je viens de vous faire, ne vous irrite pas contre
moi.

CLARA.

Quel embarras !

VICTOR, *ayant l'air d'écouter.*

Vous ne m'en voulez pas. Ah ! Si vous saviez quel bien
vous me faites. Pourquoi faut-il qu'un obstacle insurmon-
table.....

CLARA.

Je n'y puis rien comprendre.

VICTOR.

Vous allez me quitter.... déjà.... c'est juste on vous
attend pour la signature du contrat.

CLARA.

Du contrat.

VICTOR.

Adieu donc Clara. Adieu pour toujours.

AIR : *Fragment du château de Monténéro.*

Ensemble.

Ô trouble ! ô peine extrême !
Ô trop sévères loix !
Je vois celle / celui que j'aime
Pour la dernière fois !

(*On entend dans la coulisse*)

Clara !... Clara !...

CLARA.

Ciel ! c'est la voix de mon père. Que dirait-il ?...... Sau-
vons-nous.

(*Victor présente la main comme pour reconduire Clara. Il descend la
scène, s'incline, et semble baiser la main de Clara à plusieurs re-
prises*)

SCÈNE XII

VICTOR, GERMONT.

GERMONT.

Hé bien ! où est-elle donc. Ah ! Voici Victor. Dans quel état ! Nanette avait raison.

VICTOR, *remontant vivement la scène et laissant Germont de côté.*

Qui vient ici troubler notre entretien ?... C'est vous, M. Franville.

GERMONT.

Il croit parler à Franville.

VICTOR.

Venez, venez M. Franville : j'ai un secret de la plus haute importance à vous communiquer.....; vous allez juger si je suis malheureux.

GERMONT.

Je suis curieux de savoir.....

VICTOR.

Depuis un an que je demeure chez M. de Germont, il est loin de se douter que je suis son neveu.

GERMONT.

Mon neveu !

VICTOR.

Chut ! ne parlons pas trop. On pourrait nous entendre.... vous n'ignorez pas qu'un procès brouilla les deux frères. Mon père eut le malheur de le gagner, et depuis cette époque, mon oncle devint l'ennemi irréconciliable de son frère.

GERMONT.

Je ne sais où j'en suis.

VICTOR.

Plaît-il ?... ce qu'est devenu mon père ?... Il est mort.

GERMONT, *douleureusement.*

Mort !

VICTOR.

Je devrais être riche ; mais en revenant d'Amérique, un naufrage m'a tout enlevé. Ce n'est pas ma fortune que je regrette ; avec du courage on sort facilement d'embarras ; mais la privation d'un bon père est une perte que l'on ne peut jamais réparer.

GERMONT.

Le malheureux !

VICTOR.

Sachant que mon oncle ne voulait pas me voir, je me suis présenté chez lui sous un nom supposé. C'était pour moi une sorte de consolation de penser que je vivrais dans la famille de mon père. Plusieurs fois, j'ai voulu me faire connaître ; mais le courage m'abandonnait.

GERMONT.

Bon jeune homme ! Je réparerai mes torts.

VICTOR.

Enfin, je n'ai pu voir ma cousine sans l'adorer. Mais elle ignore le doux sentiment qu'elle m'inspire. Vous l'épousez, Monsieur, je dois partir ; rendez la heureuse, elle le mérite… veuillez vous charger aussi de remettre cet écrit à mon oncle, (*Il tire de sa poche un papier.*)c'est l'acte qui contaste ma naissance. Mon pauvre père y a joint quelques lignes pour son frère, car il n'était pas méchant lui… M. de Germont en prendra connaissance… je ne devrais pas m'en désaisir, dites-vous ? Vous avez raison, rendez-moi ce papier, il pourrait s'égarer.

(*Au lieu de reprendre la lettre, il prend le contrat.*)

GERMONT.

Il se trompe. N'importe, conservons cette lettre, c'est le garant de son bonheur.

VICTOR.

Pardon, on m'annonce que les chevaux sont prêts.…
(*Présentant la main comme s'il la donnait à Franville.*)
Adieu ! M. Franville. Adieu.   (*Il sort lentement.*)

SCENE XIII.

GERMONT *seul.*

Non, Victor ? non, tu ne partiras pas, mon frère n'est plus, mon devoir est de m'occuper du bonheur de son fils Mais voyons cet écrit. Effectivement ! c'est une copie de l'acte de naissance de mon neveu… Ah ! quelques mots tracés de la main de mon frère.   (*Il lit.*)

» Prêt à paraître devant Dieu, je déclare que je pardonne
» à Félix de Germont, mon frère, tous les chagrins qu'il m'a
» causés ; et un jour, s'il reconnaît ses torts, je lui recom-
» mande mon fils. »

« *Signé* FRÉDÉRIC DE GERMONT. »

Pauvre Frédéric !

SCENE XIV.

GERMONT, CLARA, ensuite FRANVILLE.

CLARA, *avançant sur la pointe des pieds.*

Je voudrais bien savoir si Victor... Mon père est seul.
(*On entend dans la coulisse.*) Germont!...

CLARA.

Ciel ! M. Franville !... Il vient ici ; où me cacher... là.

(*Elle se cache derrière une psyché.*)

FRANVILLE, *entrant.*

Ah ! ça mon cher, te moque-tu de nous ? tu sors pour chercher ta fille, et tu te fais attendre à ton tour. Mais qu'as-tu
donc ? tu parais ému.

GERMONT.

Mon ami, la nouvelle la plus triste m'accable en ce moment.

FRANVILLE.

Que t'est-il arrivé ?

GERMONT.

Mon frère....

FRANVILLE.

Hé bien ?

GERMONT.

Il n'est plus.

FRANVILLE.

C'est un honnête homme de moins. Nous nous sommes
connus aux Isles, et nous étions grands amis. Tu ne l'aimais
pas, toi ?

GERMONT.

Je sens maintenant que j'eus bien des torts envers lui.

FRANVILLE.

Il y a dix ans, qu'il fallait parler ainsi. Et qui t'a appris
cette fâcheuse nouvelle ?

GERMONT.

Mon neveu.

FRANVILLE.

Ton neveu !... Il est donc ici ?

GERMONT.

Sans doute.

CLARA, *à part.*

Qu'entends-je !

FRANVILLE.

Ah ! morbleu, je veux le voir, l'embrasser. Je reporterai sur le fils toute l'amitié que j'avais pour le père... Mais où est-il donc ?

GERMONT.

Un peu de patience ; tu l'as déjà vu.

FRANVILLE.

Moi !

GERMONT.

C'est Victor.

FRANVILLE.

Victor !

CLARA, *à part.*

Victor !

GERMONT.

Lui-même. Tiens, si tu en doutes, lis.

FRANVILLE, *après avoir lu.*

Et que compte-tu faire ?

GERMONT.

Le rendre heureux.

FRANVILLE.

Bien cela, et je veux t'aider.

GERMONT.

Oui, tu m'aideras, et peut-être malgré toi.

FRANVILLE.

Tu ne peux le croire.

GERMONT.

Apprends que Victor est éperdument amoureux de Clara.

FRANVILLE.

De ma femme. Ah ! c'est trop fort !

CLARA, *à part.*

Je suis perdue !

GERMONT.

Ne te fâche pas.

FRANVILLE

Je l'aime aussi, moi, corbleu!

GERMONT.

Mais écoute moi.....

FRANVILLE.

Je n'écoute plus rien.

GERMONT.

Nous trouverons peut-être quelque moyen.

FRANVILLE.

Je te vois venir, et si je cédais mes droits sur ta fille, tu penserais que la chose serait moins difficile à arranger.

GERMONT.

Je ne dis pas cela.

FRANVILLE.

Et tu fais bien, morbleu! ah! M. Victor aime ma femme... mais je veux le voir, m'assurer par moi-même si tu ne t'es pas trompé, et... j'ai certain projet... vas rejoindre ta fille au salon; moi je vais chercher son cousin.

(*Ils sortent.*)

SCENE XV.

CLARA, *seule.*

Victor est mon cousin, M. Franville consentirait... peut-être... n'est-ce point un songe? mon dieu! si c'en est un, faites que je ne me réveille pas. Mais voici Victor, cachons-lui ma joie et voyons si il se déclarera enfin.

SCENE XVI.

CLARA, VICTOR.

VICTOR.

Que vois-je, Clara!

CLARA.

Ah! vous voici, M. Victor, on vous demande dans le salon; tout le monde se plaint de votre longue absence; venez.

VICTOR.

Je ne le puis, mademoiselle, je pars à l'instant pour Paris; une affaire indispensable m'y appelle.

CLARA.

Mon père est-il instruit de ce départ précipité.

VICTOR.

Je ne crois pas nécessaire de le lui apprendre, puisque je compte être de retour demain dans la matinée.

CLARA.

Rien ne peut donc vous retenir.

VICTOR.

Le devoir m'ordonne de quitter ces lieux.

CLARA, *à part.*

S'il savait.

VICTOR.

Vous paraissez préocupée, mademoiselle.

CLARA.

Je l'avoue.

VICTOR.

La chose est naturelle, au moment de s'engager pour la vie, on réfléchit.

CLARA, *finement.*

C'est ce que je fais en ce moment.

VICTOR.

Cependant, M. Franville est l'époux de votre choix ; car si quelqu'autre avait eu le bonheur de vous plaire, je ne pense pas que M. de Germont eût refusé son consentement.

CLARA.

Je ne le pense pas non plus ; mais qu'avez-vous ?.... vous paraissez souffrir ; aimeriez-vous, Victor ?

VICTOR.

Oui, j'aime, et voilà ce qui fait mon tourment.

CLARA.

Celle que vous aimez est-elle instruite de votre amour ?

VICTOR.

Je l'ignore.

CLARA.

Peut-être eussiez vous dû lui dire...

VICTOR.

Ah ! mademoiselle, après cet aveu il me faudrait fuir pour toujours puisque mon amour, fut-il partagé par celle que j'adore, son père ne consentirait jamais...

CLARA.

Pourquoi cela.

VICTOR.

Voilà ce que je ne puis vous dire.

CLARA.

Cette jeune personne et son père sont à Paris sans doute ?
(*A part.*) Voyons ce qu'il va répondre.

VICTOR.

Pour le moment ils sont à la campagne.

CLARA.

A la campagne ?

VICTOR.

Oui mademoiselle.

CLARA, *à part.*

Ah! c'est moi. Poussons-le à bout. (*Haut.*) Cette campagne
est-elle éloignée?

VICTOR.

Non, pas absolument.

CLARA.

Vous parlez à la jeune personne?

VICTOR.

Quelquefois.

CLARA.

Je la connais.

VICTOR.

Beaucoup.

CLARA, *à part.*

Il ne dira rien.(*Haut.*) Et vous l'aimez?

VICTOR.

Si je l'aime !...

CLARA.

Je ne devine pas qu'elle peut-être...,.

VICTOR.

Vous ne devinez pas... ah! mademoiselle!

Air : *Enfin qu'elle n'ait rien de vous.* (De la Somnambule.)

> Oui, j'aime une femme charmante,
> Réunissant l'esprit à la beauté,
> Tout en elle, séduit, enchante,
> En la voyant chacun est transporté ;

Je pourrais dire plus encore,
L'obtenir est mon vœu le plus doux,
Plus je la vois, plus je l'adore...
Vous voyez bien que je parle de vous.

CLARA.

De moi , ah ! Victor cet aveu....

VICTOR.

Vous déplaît, je le vois.

CLARA.

Non ; mais il m'engage à vous parler avec franchise. Apprenez donc aussi qu'un jeune homme, doux, aimable, et bon, a sû toucher mon cœur.

VICTOR.

Que dites-vous ?.... Mais M. Franville.

CLARA

Je vous parle d'un jeune homme,

VICTOR.

Je ne vois cependant personne.... et... vous l'aimez ?

CLARA.

Même air.

Près de lui je suis toute émue,
Sa présence fait mon bonheur ;
Toujours je rougis à sa vue,
Sa voix fait palpiter mon cœur,
A ses vœux on eut pu souscrire ;
Il pouvait être mon époux ,
Il s'obstinait à ne rien dire...
Vous voyez bien que je parle de vous.

VICTOR.

Moi ! je suis aimé ! je partirai moins malheureux , car je ne dois plus vous voir ; l'honneur me l'ordonne, et je vais obéir à sa voix ; mais avant de nous séparer, je vous demande une grâce.

CLARA.

Parlez , Victor?

VICTOR.

C'est de ne pas oublier entièrement un infortuné qui ne cessera, jamais de penser à vous et de vous adorer.

Air *de Romagnezi.*

Dans peu d'instans je vais partir,
Quitter celle qui m'est si chère,

Sans avoir un doux souvenir ;
Voilà ce qui me désespère.
Hélas ! en vous disant adieu,
Je vous laisse au moins un otage,
Car je sens en quittant ce lieu,
Que mon cœur n'est pas du voyage.

(Pendant le couplet, Germont, Franville et toute la société ainsi qu'André et Nanette paraissent et garnissent le fond.)

SCÈNE XVII.

LES PRÉCÉDENTS, GERMONT.

GERMONT

Très-bien, Victor.

VICTOR.

M. de Germont, je suis perdu, ah ! Monsieur pardonnez...

GERMONT.

M. j'ai de grands reproches à vous faire ; en entrant chez moi vous vous êtes fait passer pour un orphelin, et j'ai découvert que vous avez un oncle à Paris.

FRANVILLE.

Allons, jeune homme, répondez.

CLARA, *à part.*

Que va-t-il dire ?

VICTOR.

Et quelles preuves ?...

GERMONT.

Une irrécusable, votre acte de naissance, le reconnaissez-vous ?

VICTOR.

Ciel !

GERMONT.

Et si vous êtes le fils de Frédéric de Germont, que suis-je, moi ?

VICTOR.

Monsieur...

GERMONT, *le pressant sur son cœur.*

Ton oncle qui te rend son amitié et veut faire ton bonheur
Lui montrant l'acte.

Est-ce bien cela ?

VICTOR.

Je ne reviens pas de ma surprise; (*cherchant dans ses poches.*) Mais qu'ai-je donc?

GERMONT.

Ton contrat de mariage avec ta cousine. Il n'y aura que les noms à changer.

VICTOR.

N'est-ce point un songe? Clara, mon oncle, mon ami!

FRANVILLE.

Un moment, Monsieur! je ne suis pas votre ami. (*Lui tendant les bras.*) Mais ton père; dès aujourd'hui je te regarde comme mon fils, je t'ordonne donc, par toute l'autorité paternelle, d'épouser mademoiselle, à moins cependant qu'elle s'y oppose.

CLARA.

Je dois obéir à mon père.

VICTOR.

Vous me donnerez au moins le mot de cette énigme.

GERMONT.

Plus tard nous t'expliquerons cela. Ne songeons maintenant qu'aux préparatifs de ton mariage.

ANDRÉ.

L'nôtre s'fera toujours en même temps, n'est-ce pas Monsieur?

GERMONT.

Sans doute.

ANDRÉ, *à Nanette.*

V'la tout d'même, un sommeil qu'est v'nu ben à propos! quoiqu'ça Nanette, quand mosieu m'enverra en commission la nuit, j't'ordonnons de fermer la porte aux verroux; car avec une maladie comme celle-là on peut s'tromper.

NANETTE.

Sois tranquille.

VAUDEVILLE.

Air *nouveau de M. Alexandre Piccini.*

VICTOR.

J'ai caché pendant une année,
D'un oncle craignant le courroux,

Mon origine fortunée,
Pourtant j'étais épris de vous.
Je craignais, tant j'étais peu sage,
Qu'il n'interrogeât pas son cœur ;
Mais grâce à ce doux mariage,
M'en voilà quitte pour la peur.

ANDRÉ.

En t'voyant si brave, Nanette,
Je dois l'confesser franchement ;
J'ai craint long-temps qu'tu sois coquette,
J'te comptais déjà queuq' amant.
Mais tu m'seras toujours fidèle,
Car t'es une fille d'honneur ;
Et j'vois ben à présent, ma belle,
Que j'en s'rai quitte pour la peur.

NANETTE.

Quoiqu'on dise que j'suis gentille,
D'puis ben long-temps j'étious à bout ;
Car je craignais de rester fille,
Et l'célibat n'est pas d'mon goût.
Quand est-c' qu'on m'appell'ra madame,
M'disais-j' souvent, mais par bonheur,
Dans trois jours je serai sa femme,
Ah ! j'en suis quitte pour la peur.

FRANVILLE.

Pour garder notre indépendance,
S'il fallait voler au combat,
D'un bout à l'autre de la France,
Tout Français deviendrait soldat.
Cet élan, ce noble délire,
De chacun ferait un vainqueur,
L'ennemi ne pourrait pas dire,
Qu'il en est quitte pour la peur.

CLARA, *au Public.*

Le jour d'une pièce nouvelle,
Un auteur se porte fort mal,
Il craint une chance cruelle
Et les sifflets, et maint journal.
Les acteurs, l'âme consternée,
Tremblent presqu'autant que l'auteur ;
Puissions-nous dans cette journée
En être quittes pour la peur.

FIN.

OUVRAGES NOUVEAUX.

Ligue des Nobles et des Prêtres contre les Peuples et les Rois, depuis le commencement de l'ère chrétienne jusqu'à nos jours, ou Tableau des Conspirations, Révoltes, Détrônemens et Actes arbitraires, Jugemens iniques, Violation des lois, etc., etc., etc., dont les Privilégiés se sont rendus coupables ; par M. Paul de P... 2 vol.... 10 f. » c.

Les Carbonari, ou le Livre de sang ; par R...w... 2 vol. *in-12*............................. 5 »

Albert, ou les Amans missionnaires; par M. Victor Ducange, auteur d'*Agathe*, ou le petit Vieillard de Calais. 2 vol. *in-12*, chaque............ 5 »

Saphorine, ou l'Aventurière du faubourg Saint-Antoine ; par M. Merville, auteur de la Famille Glinet. 2 vol. *in-12*..................... 5 »

L'Égoïsme; par Pigault-Lebrun. 2 vol. *in-12*..... 5 »

Sous presse du même auteur :

L'Observateur, 2 vol *in-12*................... 5 »

Pièces nouvelles.

L'Artiste ambitieux, comédie en cinq actes et en vers ; par M. Théaulon..................... 2 5o

Le Flatteur, comédie en cinq actes, en vers ; par M. Gosse, auteur du Médisant............... 2 5o

Le Folliculaire, comédie en 5 actes, en vers, par M. Delaville............................... 3 »

Conradin et Frédéric, tragedie en 5 actes, en vers, par M. Liadières........................... 2 5o

L'Homme poli, comédie en 5 actes, en vers, par M. Merville............................... 2 5o

Les Voitures versées, opéra-comique, en 2 actes ; par MM. Dupaty et Boyeldieu............... 1 75

Le Vampire, mélodrame en trois actes ; par MM. Ch. Nodier et Carmouche..................

DE L'IMPRIMERIE D'ÉVERAT, RUE DU CADRAN, N. 16.